青山诗抄

陈存根 著

作家出版社

图书在版编目（CIP）数据

青山诗抄／陈存根著. -- 北京：作家出版社，2022.6
ISBN 978-7-5212-1606-6

Ⅰ.①青… Ⅱ.①陈… Ⅲ.①诗集-中国-当代
Ⅳ.①I227

中国版本图书馆 CIP 数据核字（2021）第 231569 号

青山诗抄

作　　者：陈存根
责任编辑：李亚梓
封面设计：百丰艺术
出版发行：作家出版社有限公司
社　　址：北京农展馆南里 10 号　　　邮　　编：100125
电话传真：86-10-65067186（发行中心及邮购部）
　　　　　86-10-65004079（总编室）
E-mail: zuojia@zuojia. net. cn
http: //www. zuojiachubanshe.com
印　　刷：河北鹏润印刷有限公司
成品尺寸：142×210
字　　数：20 千
印　　张：6.125
版　　次：2022 年 6 月第 1 版
印　　次：2022 年 6 月第 1 次印刷
ISBN 978-7-5212-1606-6
定　　价：46.00 元

序　言

2020年，陈存根同志出版了他的第一部诗集——《翠峰诗草》，著名作家周明先生在序言中，谈到了存根同志从教、从政的人生经历，对他同时能进行诗歌创作、实现人生新价值的努力表示赞赏。现在，存根同志的第二本诗歌集《青山诗抄》又要面世，嘱我作序，我感到很高兴。

《青山诗抄》主要收录了存根同志2020年与2021年的作品，多达二百多首，说明他在诗歌创作上是下了功夫的。诗集包括四方面内容：一是2020年的抗击新冠疫情，二是作者在全国多地的考察游览活动，三是日常生活与朋友的来往，四是对于节令的吟唱。可以说这是作者两年间工作、生活的一个记录，从中可看到他的足迹，听到他的心声。

存根诗作的最大特点是反映日常生活，接“地气”，读来亲切、感人。例如，微信已成为我们今天最重要的通信交往工具。手指一按，天南海北即在眼前，睽违友人倏忽现身，可互发文字、图像，还可面对面交谈，甚至若干人建个“群”，一起聊天，不亦乐乎！但凡事有利则有弊，微信也一样。沉溺其中，浪费光阴，已有偏矣，而若彼此认知有异，三观不同，还要勉强陪伴，就更苦不堪言了。存根有《微信》一首：“此物如蛛网，织丝来又往。时久习成癖，沉溺则黏上。常聊成知己，唯恐慢对方。想甩难脱身，只缘怕情殇。日积眼生疾，月累体则伤。诳语尤可怕，灵魂也遭殃。微信用有度，用忍莫恣狂！”（2020.5.20）此诗对微信弊端描述之传神、生动，读来使人感同身受，当有会心一笑。

在《翠峰诗草》中，我们已看到列为第一辑的“时令小吟”，诗题就是二十四节气的名称，他不仅在每个节气要写诗，而且多是连续数年都要吟咏，例如“立春”，就有2017、2018、2020的三年之作。《青山诗抄》也不例外。这形成了他的诗作的一个特点。这当然与他的专业有关。他毕业于西北农（林）学院、奥地利维也纳农业大学，曾多年任教西北农林科技大学等，是位著名的农林生态学家，现在还是西北农林科技大学教授、博士生导师和中国生态文明研究与促进会特邀咨询专家。我们知道，“二十四节气”是上古先民顺应农时，通过观察天体运行，认知一岁中时候、气候、物候等方面变化规律所形成的知识体系。它科学地揭示了天文气象变化的规律，将天文、农事、物候和民俗实现了巧妙的结合，衍生了大量与之相关的岁时节令文化，成为中华民族传统文化的重要组成部分。

作为具有丰富的现代农林科技知识的农林生态学家，陈存根对反映我国深厚传统农业文明的“二十四节气”自有更深刻的认识。每当时序变化、节令交替，他就要用诗句来表达自己的感受。这不仅是一种职业习惯，更是对农业、农村、农民的一腔情怀。例如《嫩春》：“天边雷隐响，晨风不觉凉。杨柳挂絮穗，桃花初进芳。野鸭嬉碧水，小草露尖黄。鸟雀跳枝头，行人褪棉装。寒冬终逝去，乾坤显春光。”（2021.3.10）观察细微，清新生动。

存根的诗歌创作与许多半路出家写诗的老同志一样，多采取传统的五言、七言形式，甚至四言、六言，长或四句、八句，也有数十句的。注重押韵，不在乎平仄。存根有一首题为《囧》的六言诗，长达二十六句，叙述他2020年春节期间因疫情被困陕西老家，时间一长，感到百无聊赖:“里外觅路不成，思前想后难弄。满屋转圈折腾，无计可施发蒙。进退尴尬快疯，囧急大放哭声。Mamma mia，到底咋样才中?”（2020.2.14）方言、拼音都用上了，真正做到了“我手写我口，古岂能拘牵”!也很有特色。

存根同志年轻时爱好古典诗词，虽然后来精力都用在专业与工作上，但也偶有吟作。近年来，随着个人可支配时间的增多，他的诗兴就一发而不可收。我认为这是好事。因为这种爱好，反映着他有更高的精神追求。他的写诗，完全是心灵的抒发。这使他能享受艺术创造的愉悦，体味人生的多方面趣味，促使着心灵的滋养、精神世界的丰富，而他因所曾处位置及所从事工作的缘故，其胸襟、眼界、政治意识与大局观念，对他的诗歌创作，亦会发生重要的影响。

祝贺《青山诗抄》出版，希望继续读到存根的新作、佳作!

郑欣淼

2021.12.24

目 录

纪念毛主席诞辰

幼怀壮志胆气豪，
小舟荡起翻天涛。
鼎力推倒三座山，
唤醒雄狮要赶超。
前仆后继两万五，
抗倭驱蒋开新朝。
族亲殉义多捐命，
殚精忘己替民劳。
文韬武略绝其右，
功盖天下亘古少。
终生所求唯大同，
政如日月无私照。
雄文五卷势磅礴，
诗迸华彩冲九霄。

立言立行又立德，
旷世一代是天骄。
巨星陨落容常在，
大义为公史永昭。
逝去方显更伟大，
再盼官民如同胞。

2019.12.26

疫期春节问好

春节过年，
没事回陕。
突发新冠，
猫家避难。
嘴扣口罩，
少出露面。
经常洗手，
绝不聚餐。
瘟疫难缠，
蜗居求安。
凡事有要，
保命为天。
虽然心烦，

活就安然。

请问可好，

甚是挂念！

2020.1.25

居家防疫

除夕前夜闻疫风，
霎时路断城寂静。
酒肆无客店关门，
夜幽街冷对霓虹。
庙堂江湖共济舟，
防疫抗病志成城。
草民补天恨无力，
宅家勿动也立功！

2020.1.28

举国抗疫

疫情肆虐似虎猛，
中央急发灭瘟令。
全党动员时不待，
举国敌忾气如虹。
别离戚戚为大义，
壮士赳赳赴楚荆。
封邑赞叹九百万，
十四亿人援汉城。
严防坚守无疏漏，
奋勇救危志必胜。
多少生死置身外，
笔拙难书真英雄。
吾辈有心恨无力，
宅家聊作助抗争。

时代强音命谱就，

伟歌悲壮史留名！

2020.1.29

元宵节·又一首

清辉如霜万籁寂，
村屏社障人踪稀。
阻隔疫疾同敌忾，
割断亲情心楚戚。
只恨瘟孽已有日，
几多团圆几多离。
元宵泪眼祈明月，
霾散民安可有期？

2020.2.8

囧

整天蜗居少动，
卧室餐桌客厅。
光吃怕增体重，
喝酒担心胃疼。
品茗本缺雅兴，
聊天太熟扫兴。
浪漫早过年龄，
闲书再看没用。
瞅着电视眯瞪，
困觉睡得头疼。
东西只靠网订，
日用全凭快送。
货到门口一扔，
岂敢见面接应。

在家憋得要命，

出门却恐染病。

赴鄂欲救无能，

又乏余力捐赠。

里外觅路不成，

思前想后难弄。

满屋转圈折腾，

无计可施发蒙。

进退尴尬快疯，

囧急大放哭声。

Ma mma mia，

到底咋样才中？

2020.2.14

西安避疫

蜗居旬余不窥门，
扉外悄然渐入春。
推窗枝头闹灵鹊，
旭日初照松竹新。
偶见嫩苞杂稚蕾，
远眺湖水泛金粼。
户外野色多逸趣，
唯独街坊稀见人。
只恨疫病阻行路，
村社坚壁无红尘。
虽处江湖世事远，
满腹惆怅泪沾襟。
忧心茫然向苍天，
何时可期送瘟神？

2020.2.19

隔离

社区坚壁院门封，
森严更甚敌临城。
门卫着装如防化，
出入验身查两证。
测温登记无疏漏，
熟陌同仁不留情。
隔离纵有千万难，
怎比防疫第一重！

2020.2.21

两证：指个人身份证和社区出入证。

和友人

春节避疫做宅囚，
隔棂远眺心似舟。
无事陋室引壶觞，
醉掩豪情扮沙鸥。
不戚卿云焉可烂，
阳光盈胸无暮愁。
矮檐低首待运转，
石破天惊冲牛斗！

2020.2.22

附友人：庚子·春饮

身做粤囚心作舟，
卿云烂兮暮云愁。
斗室连觞志千里，
白鹭洲外一沙鸥。

虽因疫隔离，然有良师时常段子相伴，琐事之余抽空窥之，会心一笑。昨食火锅，畅饮几杯，其兴一起，遂诌几句。

有感禁捕禁食野生动物立法

炎黄兴自种桑麻，
辟田历劫数逢煞。
饥迫果腹捕野味，
久食成俗把生杀。
天人合一出家倡，
射日填海入世夸。
持续发展靠环境，
喜闻今日终立法！

2020.2.24

西安初降春雨

昨夜悄然拂轻风，
朝晨推窗丝飘零。
润物湿径沁心肺，
寂寥只闻淅沥声。
避疫蜗居近一月，
忽得清凉难自胜。
但愿雨露无偏私，
涤尽瘟霾救百姓！

2020.2.27

约见沣庆公园

避疫逾月未出房，
百无聊赖喜友访。
小区门禁挡外入，
相见沣庆心欲狂。
日丽风和湛蓝高，
蕾膨苞胀势迸放。
游人无多罩掩面，
湖泛涟漪隐鱼翔。
瘟疾毕竟遮不住，
户外满目春荡漾！

2020.3.1

疫期理发

过年循俗要理发，
节后春龙把头刮。
避疫不知扉外日，
蜗居青丝竟抵颊。
友接剪头心怵怯，
上街防护不可差。
瘟霾未绝顾客稀，
相遇颔首哑无话。
剪动渣落吹风响，
师傅娴熟技可夸。
口罩掩面做护理，
须臾功成容放华。
人生难得此经历，
饭后茶余说奇葩。

2020.3.3

避疫亲戚家

春节探亲回故乡，
疫困逾月逼人狂。
屋无书报缺纸墨，
全借电视解惆怅。
多眠少餐恐添扰，
寄篱客居终非长。
祈祷瘟疾早散去，
亲戚安然已解放。

2020.3.3

公园闲游

蜗居数天未窥门，
丽日公园去散心。
未料门禁形虚设，
游人三五结成群。
嫣红桃花满枝头，
盛开玉兰露败痕。
柳嫩丝飘李绽蕾，
光阴送暖满目春！

2020.3.6

公园漫步

阳光明媚园盈欣，
湖泛涟漪起金鳞。
桃炫嫣红李秀白，
苞硕蕾丰柳芽嫩。
鹊闹枝头唤万物，
沐暖游人几如云。
在家只盼疫早逝，
未知户外近季春。

2020.3.9

古刹探幽

拜庙起清晨，沐晖入山林。
境幽秀竹翠，寺隐花木深。
曦光悦鸟性，潭影怡人心。
此刻万籁寂，只闻钟磬音。

2020.3.10

援鄂凯旋

三月春风频报喜，
四十九队凯旋归。
当初鄂楚疫情急，
舍身奉召赴大义。
戮力救死甘殒命，
同心灭瘟无所惜。
德昭日月功盖世，
名冠华夏青史奇！

2020.3.17

闻抗疫凯旋·又一首

春风送鸿喜若狂，
终报苍生再无殇。
新岁疫情势急迫，
攻城略地鄂沦亡。
奉召灭瘟如水火，
医护驰援赴战场。
冷眼生死无反顾，
英名永载青史榜！

2020.3.17

国际救援

宇宙地球村，
五洲若比邻。
尽管肤色异，
同是坊间人。
山水相隔远，
共沐日月恩。
庚子遭变故，
疾扰天地昏。
医护解民忧，
终使疫平顺。
伟哉英雄汉，
威名千古存。
凯旋未卸甲，
域外传警讯。

壮士再请缨，
驰援献爱心。
雪中送炭急，
舍身不足吝。
灭瘟赴大义，
冷怼抹黑音。
胸怀全世界，
彰显华夏魂。
祈愿毒灭绝，
春光满乾坤。
命运共同体，
天下早归仁。

2020.3.21

老友相逢

三月春风摇心旌，
竟促双颊赛花红。
相见腹涌千万语，
瞬间嗫嚅眼湿蒙。
往事历历心头上，
栉风沐雨情山重。
杯小时短兴未尽，
离别惆怅催再逢！

2020.3.26

清明举国哀悼

自古清明欲断魂，
今日国悼更痛心。
忧伤八万曾卧病，
哀悲三千把命殒。
白衣舍身无反顾，
同胞取义薄青云。
九州共济感天地，
举国抗疫泣鬼神。
党为砥柱民用力，
海晏河清满目春！

2020.4.4

“五四”有感

时光如驹世纷杂，
满头青丝挂霜花。
唯恨少稚不经事，
老时知误好年华。
事未尽遂终不悔，
欣慰奋斗未有暇。
公廉在心从无私，
百姓冷暖时牵挂。
愧无“三立”留青史，
已竭绵薄奉国家。
感慨“五四”今又是，
愿心如春驻韶华！

2020.5.4

老青年

岁月无情刀，
脸上任意雕。
只要心年轻，
容颜莫计较！
爱吃要咥饱，
想睡就躺倒。
有力尽绵薄，
神乏则逍遥。
莫问名和利，
爱惜老羽毛。
看破都放下，
花甲二十多！

2020.5.4

微信

此物如蛛网，
织丝来又往。
时久习成癖，
沉溺则黏上。
常聊成知己，
唯恐慢对方。
想甩难脱身，
只缘怕情殇。
日积眼生疾，
月累体则伤。
诳语尤可怕，
灵魂也遭殃。
微信用有度，
用忍莫恣狂！

2020.5.20

夏至

昼长夜短皆至极，
天热几与酷暑齐。
麦入仓廪秋禾壮，
炎阳雷雨催绿肥。
本是时闲消夏日，
啖荔品茗心安怡。
多少竟爽黄昏约，
只缘惊闻京有疫。

2020.6.21

游仙游寺

群峰环卫自成关，
金盆盛水蔚大观。
圣殿雄屹瞰烟波，
遗迹隐没浩渺间。
文人墨客吟“长恨”，
更赋古刹意丰满。
七级隋塔仪犹在，
皇寺气象开新篇。
只待晨钟暮鼓响，
重华史章功如山！

2020.6.21

端午节

民间循俗过端阳，
殊料邑里起疫殃。
人人防病测核酸，
户户辟邪插艾忙。
抗瘟重在阻传染，
居家煮粽饮雄黄。
些小新冠难造孽，
飞龙在天人健康！

2020.6.25

重到南泥湾

避疫离京到西安，
友邀再访南泥湾。
丘缓林密肥腴地，
谷阔草茂赖汾川。
当年军垦克时艰，
蛮荒巨变小江南。
今朝重绘新蓝图，
经济开发潮冲天。
只争朝夕不我待，
日新月异换旧颜。
鸭凫雀鸣鹭展翅，
溪潺湖淼现奇观。
幢幢高楼拔地起，
座座工厂争比肩。

党徽熠映当初心，
遗迹镌刻创业难。
物阜民丰日殷富，
歌舞升平人欣欢。

2020.7.5

小暑游延安

时令濡热入暑天，
友邀重游到延安。
山苍岭翠满目绿，
池碧溪清泉水湲。
新城雄屹百业旺，
物阜民丰社会安。
荒沟秃壑绝踪影，
沁凉怡心叹巨变！

2020.7.6

乾坤湾

黄河滔滔泻西天，
冠绝曲曲乾坤湾。
阴阳太极鬼神功，
河图洛书巧推演。
绝崖夹拱壁千仞，
水深无涛泛漪涟。
古寨要塞成遗迹，
运转再书新诗篇！

2020.7.6

清水关

会峰牛尾南北寨，
呼应古渡成关隘。
商贾云集赖水运，
晋陕贸易峡无碍。
官理时务多廉正，
清水衙门名自来。
瞰览要塞乾坤湾，
悠长古韵萦心怀。

2020.7.6

会峰寨

东倚黄河天成堑，
寨河渊谷绕西南。
嵝岘小径通西北，
寨形虎踞势龙盘。
环周峭崖似刀切，
沟深垒高屹雄关。
会峰弄险非虚枉，
一夫可当兵百万。

2020.7.6

游即墨古城

寡闻即墨自田单，
仅识火牛曾破燕。
沧桑两千五百载，
有幸一睹重生颜。
庙宇轩昂原木建，
城郭雄伟临潼砖。
牌坊白玉细雕琢，
宅墙画图巧镶嵌。
金碧关圣仪威武，
千手观音态庄严。
匾额镌铭匡风化，
文庙尊圣敬先贤。
店铺林立彰市井，
馆藏文明弥久远。

偌大一座濒海邑，
工浩程繁技绝难。
曩昔前辈业殊奇，
后来绝不输祖先。
文心设计匠心造，
悠韵重华谱新篇。
景美若幻宛仙境，
游人如织竟忘返。

2020.7.11

临淄探古

暑天有幸到山东，
友邀探访营丘城。
后李北辛大汶口，
八千余载一脉承。
都经沧桑迁而复，
邑濒淄水始易名。
遗存丰厚蕴史远，
馆藏盈栋彰文明。
缘因地脐得国号，
五泉喷涌堪殊胜。
春秋五霸齐为首，
桓公功伟业至盛。
循俗简礼张四维，
军政革新势日隆。

农以地力缴田税，
盐铁专营工商兴。
北杏盟奠九合基，
尊王攘夷行号令。
三法选官聚群贤，
管仲晏子绝世英。
稷下学宫多俊杰，
百家争鸣留蜚声。
王祚绵延八百春，
田氏代姜再称雄。
嗟叹田建乏良佐，
江山拱手让嬴政。
旺衰看似有天数，
岂知胜败皆人定。
炎黄嗣繁才辈出，
波澜壮阔自礼崩！

2020.7.15

入 伏

热炙气蒸暑至盛，
万物伏息午寂静。
池覆莲叶满目碧，
田陌绿肥偶露红。
忽见乌云漫天涌，
暴雨如箭伴雷声。
骤来飓风霄散去，
观虹品茶听蝉鸣。

2020.7.16

神木绿化

南部千壑鸟飞绝，
北域万丘沙积海。
四十余载日继夜，
植树种草未懈怠。
科技引领循规律，
干群戮力劲不衰。
上苍从来酬勤劳，
锦绿无垠神工裁！

2020.7.17

石峁古城

墙基残遗石峁顶，
邑门突显气势雄。
沧桑巨变四千载，
玉石遗存蕴文明。
皇城高台彰威权，
内外两郭建制成。
中华民族源流长，
谁赋古都昔日荣？

2020.7.18

龙 湾

黄河入陕第一湾，
势如龙腾成奇观。
水漫两滩田肥腴，
川阔流缓泛微澜。
赵家山屹崖岸上，
宋祖故里神话传。
长城古镇墙头里，
鸡鸣三省若塞关。

2020.7.19

西安凉暑

连日落雨浇溽热，
时入大暑浑不觉。
满目苍翠如墨泼，
禾苗黍壮势难遏。
荷叶如盘托玉珠，
芙蓉出水秀婀娜。
此刻私享霖送凉，
哪知南国洪肆虐！

2020.7.22

大云寺

泾州北周一古刹，
蜚声域内几重发。
隋文敕封兴国寺，
御赠舍利名天下。
女皇懿旨改大云，
礼佛发扬传佳话。
宋赠过千坚固子，
兴龙称谓复旺达。
高僧信众咸云集，
香火鼎盛誉天涯。
明代洪祸灾灭顶，
殿毁塔堕无片瓦。
护法保佑地宫在，
得窥曩昔盛世华。

改革开放获新生，

再塑金身重规划。

政府助力民主导，

五进楼台巧描画。

山门雄伟气轩昂，

大雄宝殿势更嘉。

五圣精雕庄严坐，

天王雄壮弥陀雅。

七层浮屠瞰庙院，

阁藏经典竟盈厦。

东西长廊争媲美，

莲座喷水客迎迓。

工程告竣开光日，

教民向善匡风化！

2020.7.25

泾川王母宫

坐拥昆丘濯碧流，
俯瞰泾川安定楼。
卧龙托起瑶池水，
银河浩渺作源头。
五色祥云送懿驾，
周穆汉武祈福寿。
蟠桃仙山殊胜地，
千秋沐恩西王母！

2020.7.28

西王母

鸾凤飞降昆丘顶，
俯瞰泾汭安定城。
历及五残貌凶煞，
司婚佑儿美神成。
周穆思谒竟忘返，
汉武累觐不厌行。
女皇慕名望项背，
回山誉盛入玉清。
光阴益助香火旺，
王母深植民心中。

2020.7.28

立 秋

溽热未退暑未尽，
雷暴骤来风骤紧。
候至秋月当秋凉，
天气无常飒无音。
喜看禾长田禾壮，
乐品瓜甜啖瓜津。
祈盼疫灭解疫忧，
只等金季揽金银。

2020.8.7

太极湾

谁自天庭遣神工，
鬼斧雕琢太极成。
绝壁夹峙岸屹立，
俯瞰翻卷腾黄龙。
崖高千仞鸟飞绝，
梯径入云人罕踪。
黄河豪揽九道湾，
此景怎未拥怀中？

2020.8.14

老牛湾

老牛腹卧气自宏，
豪吞大河势如鲸。
崖驱黄水腾漩涡，
一个野字非虚空。
堡塞耸立牛头上，
更添峡谷险与雄。
九湾此地乃为首，
排行老大实归名！

2020.8.14

康巴什

雄城一座拔地起，
恰似明珠嵌漠北。
广场壮观惊世殊，
大街宽阔通天际。
林荫拥楼树夹道，
草茵花簇绿欲滴。
喷泉群雕遥成趣，
不二江南出乌煤！

2020.8.15
于康巴什

塞上初秋

苍穹碧蓝白云远，
草原无垠绿接天。
禾壮果硕添时韵，
草肥水美牧正酣。
树荫蝉鸣送余暑，
楼台沐风怡心宽。
欢乐最是收获季，
天道酬勤待丰年。

2020.8.16

光伏治沙

硅镜自转总朝阳，
纵横列队皆成行。
覆掩塞漠十万亩，
神工妙化破大荒。
光能成电二十亿，
巧用天力谱华章。
昔日贫苦风沙地，
一朝跻身富康榜！

2020.8.17

于达拉特旗

乌梁素海

大河西泻直奔东，
乌拉力阻海积成。
碧波浩渺三百里，
涤污滤垢“肾”得名。
祈愿天人共努力，
确保湖清水洁净。
换得外套田肥腴，
牧盛粮丰享升平。

2020.8.18
于乌拉特前旗

三盛公枢纽

闸坝巍屹凌黄涛，
势扼滔滔天上波。
调洪灌溉舟楫利，
滋润河套千万多。
林茂粮丰牧业旺，
晋陕豫鲁避饥祸。
先辈耕耘辛酸泪，
浇出富庶冠塞漠！

2020.8.18
于磴口县

乌海湖

巨坝横亘截大河，
浩渺连天万顷波。
水助人进荒沙退，
滋养乌海城一座。
乌兰布和镶绿边，
生机勃发势如火。
桀骜黄龙威不再，
两岸富庶无灾祸。

2020.8.19
于乌海市

和友人

塞上蓝天团云淡，

雁掠肥绿秋尚远。

水绕林荫蝉鸣噪，

禾壮果硕待金染。

牛羊丰腴懒觅草，

牧帐散落若白莲。

祥和托出丰收景，

登楼放眼心自宽。

2020.8.19

附友人：七绝·秋

雁泣霜天暑渐收，
蝉嘶暮晚几哀秋。
浮华褪尽烟云远，
且寄清心明月楼。

2020.8.19

桃坪羌寨

碎石砌墙似刀裁，
崖起碉楼筑坚塞。
户户相通宛迷宫，
固若金汤千余载。
烽烟金镝已远去，
羌笛悠悠若世外。
百姓安享小康日，
壮阔史卷镌古寨。

2020.8.25

毕棚沟

群峰嵯峨凌空炫，

浩渺林海卷波澜。

杜鹃红叶松萝雾，

蓝天白云媲冰川。

坪棚湖石相映趣，

飞瀑彩虹景幻绚。

熊猫金猴乐园地，

仙女倩影人迷恋。

2020.8.25

仙女倩影：指四姑娘山背影。

甬

一邑源自河姆渡，
三江成甬汇巨流。
越人亘古弄潮儿，
盛衰皆荣七千秋。
夏鄞周越唐筑城，
运河入海丝路首。
波宁东南第一港，
货运头筹通七陆。
四明姚江浙东黄，
院士如笋竞争秀。
匠夺天工留遗产，
镶雕漆编金银绣。
自然造物堪入画，
山峡潭泉岛湫湖。
水乡多情曼妙舞，

梁祝凄美刚蕴柔。
吴侬软语曲艺美，
特色佳馔狮媲舟。
民俗多彩彰文明，
青山碧水生态游。
时催人追新世纪，
古州勃发猛如虎。
过百第一冠华夏，
创新方显朱公后。
立业言商盈市井，
才俊云集成热土。
制造发达三产旺，
海陆空运堪一流。
欣看奋斗结硕果，
富入万亿俱乐部。
不忘初心名归实，
雄踞长江三角洲。

2020.9.7

万佛塔

宋塔矗立瞰婺城，
信众捐建佑苍生。
万佛跏趺坐莲上，
冠绝两浙第一名。
二战避祸曾自毁，
改革开放又重生。
易址新建气势雄，
两溪练绕山挂屏。
白玉雕栏拾阶上，
托起朱红檐九重。
酸枝作围琼为础，
圆柱沥粉金鎏成。
释迦成道入壁画，
地宫辉煌极殊胜。

二龙戏珠堪奇巧，
罗汉合掌益谦恭。
精铸巨钟悬空挂，
开年祈福争头声。
片瓦只砖自巨匠，
点墨丝彩媲神工。
珍藏文物难穷数，
传承文脉史厚丰。
耗资六亿堪浩大，
历经五载终告功。
恰逢盛世升平日，
金华古州倍添情。
祈盼国富民安好，
梵音磬鸣颂大同。

2020.9.8

船餐钱塘江

风静江面镜般平，
水天一色雨描成。
时错月中波失威，
钱塘潮息别样情。
两岸霓闪似渔火，
恍惚海市蜃楼中。
船动影移浑不觉，
景醇人醉入画屏。

2020.9.9

温州塘河

永嘉筑城奠郡基，
温润物阜民丰逸。
借得两山三溪水，
养出荷红八十里。
时历扩城业暴发，
痛经污浊洇涟漪。
草疯藻狂泥沉淤，
路陷岸塌崩毁堤。
喜见疏浚治三废，
重归自然昔时美。
船动树移楼闪影，
鸟戏绿波翕动翼。
夜笼廊榭灯光秀，
越女妙曼舟嬉戏。

一泓清碧穿城过，

凭使东瓯丽添媚。

2020.9.15

衢州

环山拥抱江汇流，
通达四省揽五路。
东南阙里赖孔迁，
儒风沐浴才辈出。
天王塔院文昌阁，
府城孔庙彰富庶。
围棋源头立春祭，
毛氏族谱惊其殊。
溪碧水潺养幽兰，
岭黛林密鸟欢娱。
市井商贾酒肆旺，
街巷书院俗重读。
先贤勤慧耕不辍，
世界遗产难胜数。
生态优美宛仙境，

田园风光全域游。

三头一掌浬三怪，

方知新安史悠久。

时世变幻催开放，

改革潮涌换新符。

只争朝夕恐落伍，

“八八”战略任抖擞。

历尽“四千”又“四万”，

付出自古天不负。

实力跻身二百强，

国际花园名归附。

营商环境成示范，

创新试点添锦绣。

昔日繁华今益盛，

文明小康迈阔步。

天下博大难尽览，

江山多娇看衢州！

2020.9.18

无 题

岁月无情难回越，
留下残红与碎眉。
人生旅途风和雨，
幻化风景任评阅。
酸辣苦甜方知味，
喜怒哀乐皆心血。
笑对过往得与失，
勿愧余年好日月！

2020.9.20

秋 分

差出南国觉时晚，
热风扑面着薄衫。
满目绿肥红消瘦，
雷鸣云起雨打莲。
清晨微信问秋好，
方知日移均昼晚。
北方溽暑已消退，
只待寥阔观翔雁。

2020.9.22

国庆中秋

华诞七秩又过一，
欣逢中秋巧同期。
人民共和绘宏图，
改革开放奠康基。
复兴亘古无坦途，
几多辛酸几多喜。
祈福国运如满月，
炎黄祚永与天齐。

2020.10.1

今日寒露

燕蓟连日风欲狂，
云收云覆天无常。
昨沐丽日宛若夏，
今添外装肤沁凉。
绿瘦黄渐汽凝露，
寥阔天高雁南翔。
城里沽酒品蟹肥，
可知乡间收种忙？

2020.10.8

今日霜降

风掠树冠波泛黄，
晨清沁肤露凝霜。
丹枫血红映夕照，
瓜腴果硕暗送香。
林深寺隐禅声远，
田陌敛容待冬妆。
南国时景可堪赏？
燕云秋色媲春光。

2020.10.23

重阳有感

古人赋诗咏重阳，
苦楚牵魂自忧伤。
何缘行间多悲句，
皆因时舛世有殃。
登高浮云难遮眼，
回望惊心越险上。
今逢盛世凌绝顶，
邀友兴会奏乐章。

2020.10.25

重阳

金菊满城酒助香，

丹枫欲滴华重阳。

登高空碧雁南远，

俯瞰地阔淡浓妆。

冷风掀衣知暖尽，

几叶凋零催冬忙。

友邀把盏庆节好，

当祈民安国运长。

2020.10.25

立冬

秋韵消退雁隐踪，
寥阔苍茫迎初冬。
北域肃杀漫天雪，
万物入静水欲冰。
南国葱绿已杂黄，
景色收敛知时冷。
寒日当砺待发志，
无限春光在心中！

2020.11.7

青城山小游

峰峦叠嶂入画屏，
三十六峰雨雾中。
栈道曲径穿林荫，
一百零八景隐踪。
宫观飘渺现旌幡，
香火缭绕若云蒸。
西蜀道家第一山，
一个幽字非虚名！

2020.11.20

小 雪

朝辞蓉城雨送行，
午间琼花遍覆京。
浑天飘洒绕树飞，
弥庭漫阶秀晶莹。
信手刷屏看黄历，
蓦然候入小雪令。
万物凋零景别样，
春光在胸无严冬！

2020.11.22

今日大雪

荷破撕碎碧玉盘，
菊败卸落黄金冠。
寒风凛冽萧瑟木，
枯草残叶霜尽染。
松柏铮铮骨犹傲，
翠竹刚刚节凌寒。
时妆琼树秀梨花，
严冬已至春还远？

2020.12.7

嫦娥五号登月

姊妹五人共一名，
赴继只为游蟾宫。
星河遥望美若幻，
岂知苍穹险带凶。
锲而不舍中华志，
翱翔玉宇建神功。
信手掬回天外土，
五星红旗插太空！

2020.12.17

冬至

世俗冬至宛若年，
今岁奇巧呈大观。
土木相合重会聚，
更传日食添谜团。
时当梅开草枯衰，
阳斜影长昼必短。
斗转星移自有规，
杞人何须忧塌天！

2020.12.21

平安夜

碧树婷婷立厅堂，
祈福绵绵挂锦囊。
此夜原本西方节，
人向平安成时尚。
他乡愈觉孤独冷，
思念徒增团圆香。
举杯窗外潸然泪，
遥问亲人可无恙？

2020.12.24

元 旦

20 蹒跚行至终，
回首不堪泪飘零。
新冠猖獗虐宇内，
几多生死几哀鸿。
欣喜华夏天护佑，
举国同仇抗疫情。
辞旧迎新驱瘴去，
山河无恙好年景！

2021.1.1

小 寒

朔风掠衣透骨冷，
地覆白雪檐挂冰。
窗棂凌花遮望眼，
疏木萧瑟舞枝鸣。
斜阳懒照庭院寒，
欣有蜡梅添暖红。
闭门拥炉好避疫，
闲书一卷且品茗。

2021.1.5

游英德九重天

一涧清碧猛如龙，
奔流冲破天九重。
波涌洞窟可漂舟，
桨动拨浪助瀑声。
登临石阶拾梯上，
再览瑶池进虚空。
举目凝对心愿树，
双手合十入禅境。

2021.1.10

大 寒

窗外街冷人踪稀，
忍看疫讯心添急。
冷忧交迫祈瘟退，
腊八大寒恰同期。
宝粥一盏祭天地，
暖升灾消时助力。
节令已尽呼春至，
万物待发焕生机！

2021.1.20

立 春

欣看街巷饰彩灯，
如闻正月脚步声。
市景虽冷人踪寂，
窃喜京城疫消停。
寒极暖来循律吕，
柳萌花动沐春风。
庚子终去瘟当尽，
辛丑国泰民安宁。

2021.2.3

辞旧迎新

拱送子鼠，恭贺新年！

喜迎丑牛，祝福万千！

春满乾坤，国泰民安！

吉祥如意，河清海晏！

阖家幸福，顺达康健！

2021 除夕

南山寺

辛丑除夕到崖州，
友邀南山寺重游。
沿途车少人踪稀，
信众焚香不挤头。
循俗登高抱佛脚，
诚拜观音祈甘露。
求神普度发慈悲，
绝疫消霾祛民忧！

2021.2.12

春 节

庚子经年运多舛，
瘟伤全球天恸哀。
五洲若邻共同体，
大义救助仁为怀。
华夏迎春成独秀，
辛丑境内零疫霾。
孺子拓荒老黄牛，
扭转乾坤新气派！

2021.2.12

东山岭

登岭宛若入画屏，
巨石危磊成窟径。
隐约梵音伴渔鼓，
叠翠蔽日掩寺踪。
殊胜琼州第一山，
佛拥八景成圣境。
多少屈士如李纲，
青云路上把诏应？

2021.2.15

雨 水

时抑寒风候向荣，
雪花消逝冰融踪。
大地回暖冬已去，
万物欲萌待雷鸣。
春雨悄然潜入夜，
滋润苍生细无声。
祈愿乾坤尘绝尽，
疫退瘟消玉宇清！

2021.2.18

五指山

峰出林海刺破天，
气候迥异分两边。
世遗珍宝出峻岭，
黎峒文化蔚奇观。
依山巧居吊脚楼，
潺流碧溪绕梯田。
族旺感恩抱隆扣，
琼崖闹红开新端。
冬暖夏凉堪福地，
览胜乐享三月三。

2021.2.19

肇庆七星岩

端肇皆始名堪庆，
摘斗嵌星浩渺中。
奇石耸立凌空起，
柱擎南国向日荣。
岩开洞天可摆舟，
清碧如练绕古城。
钟灵毓秀媲杭桂，
雄镇两广成粤宗。

2021.2.24

元宵节

皓皓满月贺上元，
户户张灯门高悬。
闪闪霓虹华市井，
熙熙游人盼漏慢。
酽酽茶茗室盈香，
浓浓稠酒品汤圆。
重重礼花添节趣，
遥遥祈愿共婵娟！

2021.2.26

惊蛰

惊雷一声天地开，
万物复苏闹春来。
雾尽霭消冰雪尽，
玉宇澄清万里埃。
沐光浴霞沾甘露，
苞满蕾盈俏添彩。
英姿勃发欣荣季，
最是人间好时节！

2021.3.5

嫩 春

天边雷隐响，

晨风不觉凉。

杨柳挂絮穗，

桃花初迸芳。

野鸭嬉碧水，

小草露尖黄。

鸟雀跳枝头，

行人褪棉装。

寒冬终逝去，

乾坤显春光。

2021.3.10

过太仓

一个仓字已点睛，
称太愈显地攒英。
起锚勇做丝路首，
储粮安民助世平。
楼台飘渺烟雨中，
水乡妙曼如仙境。
古昔富庶甲天下，
今列百强再撷名。

2021.4.27

江宁牌坊村如意社工

石头城南丘涌波，
茶林卷起连天涛。
街阔道平村雅静，
南国水乡姿绰约。
游客如织农商旺，
市井繁华无喧嚣。
怎得僻壤民安富，
社工奉献功至高！

2021.4.28

宜宾

五粮液赋机场名，
始知戎州自酒兴。
竹海石林景旖旎，
僰习苗俗情万种。
竹编茶艺媲佳酿，
地灵人杰物阜丰。
雄踞岷水扼金沙，
坐拥长江第一城。

2021.5.1

蜀南竹海

青玉竿竿巧妆幽，
涧溪潺潺石上流。
远眺层峦嶂叠碧，
鸟瞰绿卷墨涛悠。
林荫蔽阶通曲径，
桥掩池收九天瀑。
鬼斧镌壁筑仙寓，
神女沐浴渍成湖。
竹亭廊起秀翡翠，
置身世外何来忧？

2021.5.2

宜宾晨雨

晨起水滴敲窗棂，
远处隐约传雷鸣。
雨线如箭织天幕，
街道店铺齐掌灯。
须臾路面汇成河，
路人步急抱头行。
春尾蜀南候多变，
云密恍如时夜中。

2021.5.3

李庄

坐南向北虎视江，
店铺林立百业旺。
市井胡杨张家院，
仰天一线狭窄巷。
抗战藏宝助同济，
犹彰古镇慨而慷。
地饶物丰民殷富，
万里扬子第一庄。

2021.5.3

三星堆

平庸未得经传载，
宝物出世天下骇。
量丰制巨殊罕见，
五一终得睹风采。
精琢玉璋如蝉翼，
砥砺石刀几削铁。
通天神树无其右，
贴金面具堪称绝。
形纹似乎自异域，
服饰依稀中原来。
雄壮彰显蜀乡富，
精美昭示技冠代。
感叹先祖多智慧，
引得后人今乱猜。

2021.5.4

绵阳越王楼

霸屹龟山凌天宫，
雄瞰川蜀势如虹。
殿苑坐拥五百亩，
亭榭交错幻无穷。
才高命舛八王子，
嗟叹时泯真英雄。
江山如画斯人去，
无尽墨客悲吊空。

2021.5.5

登越王楼·又一首

豪霸四阁居榜首，
有幸登睹越王楼。
雄屹龟山瞰川蜀，
重修凌空九十九。
绝顶一览收涪江，
满目车流灯光秀。
水墨虽留昔时盛，
怎媲今朝新绵州？

2021.5.5

梁山寺

帝建山寺绝壁巅，
香火德化弥久远。
紫薇一株千余载，
水满半井无涝旱。
佛珠幻化三色石，
涤污荡秽送甘甜。
佛门楹联蕴百味，
道尽悲欢与冷暖。

2021.5.7

翠云廊

蜀栈三百十万株，
堆翠成廊隐险途。
秦修直道始植柏，
汉接晋随从未休。
围粗数人须合抱，
干直拔地破天幕。
荫蔽日藏苔覆径，
酷暑无热凉沁骨。

2021.5.7

剑门关

千仞绝壁相峙屹，
雄关劲扼咽喉奇。
南屏川府作拱卫，
北瞰长安收眼底。
通连秦蜀成锁钥，
自古兵家必争地。
铁马金镝早已逝，
剑阁豪情与天齐。

2021.5.8

小满感怀

为人勿盈宜小满，
不饱岂能喜开镰？
皎污峣折遭妒忌，
无先社会怎发展？
神农尝草历生死，
惜命焉有华夏繁？
伏羲造字何其难，
若易怎会开新篇？
娲皇采石万般苦，
安享何以柱擎天？
节令本意须努力，
世事却倡莫出檐。
小麦灌浆自奋起，
只待鹂鸣收丰年。

回首古今多少事，

守旧致衰新向前！

2021.5.21

仁怀镇

一河霓闪岸映虹，
盛装山城宛迷宫。
醇香悠荡漫市井，
闲步飘然微醺中。
品牌林立辉映趣，
酿坊过千数未终。
税入占黔五有一，
雄霸酒业非浪名。

2021.5.26

茅台酒厂

久慕盛名终成行，
趋近酵池睹华容。
料曲妙配人工拌，
锦带彰文手拴成。
窖藏醇化酝神韵，
装瓶绝尘全智能。
库存浩大叹观止，
盅窄酒阔蕴无穷。
流长源远王华赖，
技艺冠绝臻纯青。
玉液本是天上物，
却到世间笑刘伶。
兴味未尽竟忘返，
陈酿一杯成仙翁。

2021.5.26

难忘今宵

浩气磅礴展画卷，
慷慨沧桑忆百年。
赖有匠心独运筹，
舞台尽现创业难。
德赛先生开先河，
湖载小舟掀巨澜。
艰苦卓绝两万五，
抗倭驱蒋救民悬。
社会主义奠鸿基，
改革开放谱新篇。
戮力脱贫国小康，
图强复兴再向前。
阔步跨入新时代，
铭记人民是江山。

欢呼如潮心澎湃，
礼花绚丽不夜天。
腹涌千词和万语，
永跟党走是誓言。
幕谢曲终音犹在，
复兴启航再扬帆！

2021.6.28
于鸟巢

纪念建党百年

溯望中华百年前，
山河破碎民倒悬。
十三义士扶厦倾，
小舟首议挽狂澜。
抛头洒血救“两半”，
殒命搬倒“三座山”。
百姓翻身当家主，
人民共和开新元。
政权初建立百废，
披肝沥胆把基奠。
担当勇做弄潮儿，
改革开放谱新篇。
励精图治脱贫困，
全面小康终实现。

物阜民丰国始富，

强盛仍需新发展。

复兴炎黄是初心，

后来莫忘先辈愿。

牢记使命跟党走，

重温历史志弥坚。

“三牛”精神大弘扬，

五星红旗永高悬！

2021.7.1

七一百年庆典

铁鹰呼啸掠苍穹，
七一凌空尽展雄。
数万民众聚广场，
花团锦簇似潮涌。
慷慨沧桑百年路，
后来当效先辈勇。
以史为鉴从头越，
不忘初心奔复兴！

2021.7.1

西子夜宿

西子汪宅林隐踪，
碧波浩渺幻无穷。
清晨飕忽云飘至，
白雨如箭山水蒙。
霎间烟收雾散尽，
湖山如洗映彩虹。
峰林亭台秀倒影，
方知苏轼是仙翁。

2021.7.23

澄江抚仙湖

涟漪万顷漫远天，
团云如棉映湛蓝。
山作岸堤色如黛，
小舟闲犁掀微澜。
景物荡影秀碧镜，
风光旖旎人流连。
疑是浩瀚银河水，
幻作画境可抚仙。

2021.7.25

南昌起义

灌豫洪隆成南昌，
威名肇始第一枪。
举旗推翻旧世界，
共产党人赴国殇。
抛头殒命浑不怕，
只为工农有武装。
腥风血雨建伟业，
九州重生谱华章。

2021.8.1

北戴河游艇

避暑幽燕观沧海，
艇疾逍遥大自在。
烟波浩渺无点帆，
天际蜃楼浮岸外。
倚舷持竿闲抛钩，
凝目浮标盼鱼来。
摆姿作势忙拍照，
兴盎只恨日晷快。

2021.8.2

无 题

辛丑大暑到榆关，
有幸静休疗养院。
庭树参差荫蔽日，
虬立劲松近百年。
红瓦别墅成文物，
唏嘘感慨忆先贤。
惊闻九州疫又起，
境幽难抚心不安。

2021.8.4

游北戴河野生动物园

临榆休疗得暇闲，
友邀参观动物园。
自驾摄影可随性，
火车环游找乐玩。
狼狮虎豹皆野纵，
灵长鸟类入笼圈。
珍禽异兽多奇趣，
投食逗萌竟忘返。

2021.8.5

葡萄树王

老藤百龄世殊罕，
龙腾虬髯蔽亩田。
玛瑙累聚势欲坠，
晶莹剔透待紫染。
茶桌闲散棚荫下，
鲜有访客叩门环。
时隔两载游故地，
切知疫殇致时艰。

2021.8.6

游五峰山

碣石之东矗五峰，
险峻嵯峨凌苍穹。
伟屹幽燕瞰大海，
魏武挥鞭势愈雄。
左龙右虎韩公祠，
泽被昌黎多龙凤。
细览青史浓墨处，
当推守常功至丰！

2021.8.6

鸽子窝湿地

天海同色雨欲滴，
溽热浪平人踪稀。
水渍滩涂成泽国，
巧造天堂育禽类。
白鹤起舞秀靓翅，
野鸭嬉戏争食急。
鸟儿不解世间事，
哪知人忧盼疫息！

2021.8.8

北戴河友家做客

往昔请客常家中，
盖因贫穷囊内空。
如今小康人殷富，
多在餐馆且省工。
今友相邀府上去，
多少麻烦与劳动？
举杯把盏难酬谢，
心底当存这片情！

2021.8.9

西港花园

旧业衰落催新产，
百年海港焕容颜。
铁道幻化变花海，
仓库精饰布展览。
浪漫月下思婚庆，
舶来精品秀车间。
驾艇挂帆嬉碧浪，
佳馔珍馐醉舌尖。
打卡留影网红地，
游人如织竞流连。
华丽转身大手笔，
文旅繁荣最有范！

2021.8.11

戴河艺术村落

柳荫碧流戴河清，
南北两岸始得名。
傍水僻壤小村落，
艺术造就新网红。
民间工艺技精绝，
争奇斗艳百业隆。
特色民宿幽蕴静，
别有风情媲榆城。
银楼匠作觅童趣，
再盼有幸访旧踪。

2021.8.12

白鹭岛垂钓

白鹭栖息赋地名，
一岛如船浩渺中。
风静浪平闪潋滟，
舟送垂钓兴无穷。
护岸砌石权作凳，
置饵抛竿学渔翁。
凝目浮标渐出世，
放下海阔天高空。

2021.8.13

七 夕

光阴何处刻骨深，
凄美七夕最触魂。
瑶池欲绝男女事，
银河难泯连理心。
鹊桥相会感天地，
终使仙宫配凡尘。
世间爱字贵无价，
苍天不负有情人。

2021.8.14

集发农科

戴河之畔屹集发，
农作基础绽百花。
精准耕作无需土，
温室四季萌新芽。
转轮嬉水增童趣，
蹦极过山夺人雅。
携家采摘赏异果，
景美更比海滨佳。

2021.8.14

老岭祖山小游

云雾缭绕山海间，
奇峰嵯峨汇浩瀚。
五人岭奇神造就，
仙女绝顶眺溟湾。
桦栎参差蔽天日，
木兰野生世殊罕。
意外途中骤降雨，
多少胜景成遗憾。
古刹恢宏车绕过，
神龟瀑谷纸上观。
书载怪石万千态，
口述幽境可居仙。
塞上黄山不遑让，
层峦之祖非虚传。

何时有幸访青龙，

携友再攀老岭巅？

2021.8.15

王子号

风静浩渺波如镜，
邀乘“王子”海上行。
游艇设施一应全，
舒适堪比店五星。
舱内食宿适办会，
甲板观景宜品茗。
拍照录像任恣意，
吟歌起舞可尽兴。
中西合璧理餐盛，
酸辣甜淡备饮丰。
倾尽所能犹恐慢，
难得主人一片情。
欢乐唯觉时光短，
惜别忙约再相逢。

2021.8.16

南戴河阿尔卡迪亚

同处溟岸位偏僻，
一字之差失地利。
改革开放新机遇，
海水滩涂展华丽。
酒店别墅相媲伟，
海浴游乐互争奇。
亭榭楼阁宛琼台，
碧波蓝天瑶池美。
商贾繁荣酒肆旺，
游客如潮坐难觅。
瞬间几夺北戴盛，
昔时荒凉无踪迹。
唯恨疫毒息又起，
市景萧条人影稀。

只盼瘟霾早逝去，
重回繁荣放光熠。

2021.8.17

暑尽秋盛

秋近秋到秋趋旺，
秋颜秋色秋暑烊。
秋风秋雨秋天凉，
秋山秋水秋景靓。
秋晨秋夜秋始霜，
秋雁秋鹤秋南翔。
秋枝秋叶秋时装，
秋黄秋红秋美漾。
秋草秋花秋卸妆，
秋蝉秋虫秋敛忙。
秋瓜秋果秋茶香，
秋粮秋实秋满仓。
秋高秋阔秋气爽，
秋种秋收秋未央。

秋食秋饮秋味香，

秋风秋韵秋情长。

秋丰秋硕秋富强，

秋繁秋华秋荣光。

秋年秋岁秋展望，

秋星秋月秋梦想。

秋思秋念秋向往，

秋诗秋词秋乐章。

秋日秋照秋重阳，

秋健秋安秋无恙。

秋来秋去秋吉祥，

秋祈秋愿秋永康。

2021.8.23

十一届中国慈善奖大会有感

三次分配国首倡，
慈善授奖彩益彰。
救病施援昭仁爱，
抗疫赴义名流芳。
助学济困乐不疲，
扶贫共富奔小康。
倘若人皆尚公益，
神州无处不天堂？！

2021.9.5

泸 州

城屹北岸名江阳，
两千余载著沧桑。
比肩蓉渝蜀三足，
物阜民丰商贾旺。
人杰地灵蕴“五化”，
文旅锦绣画卷长。
一字巧绘幸福景，
酒润泸州风带香。

2021.9.15

五化：名酒文化、生态文化、红色文化、历史文化、长江文化。

九一八

九一八逾九十年，
血泪悲伤非云烟。
蕞尔倭国蛇吞象，
凌辱东北地沦陷。
皇皇华夏五千载，
凄凄惨遇失国险。
铭记历史当反思，
除疴图强开新篇！

2021.9.18

京华中秋

京华月夜明，
茶茗佐香饼。
举杯邀玉兔，
心仪飞蟾宫。
名利身外物，
唯美福康宁。
千里共婵娟，
此景最动情。

2021.9.21

临中秋多阴雨

蓟燕仲秋鲜阴雨，
云遮玉兔隐银辉。
喜得家人团圆坐，
茶佐香饼议别离。
喜怒哀乐多少事，
酸甜苦辣安最怡。
隔窗拜月话千万，
海晏河清绝瘟疫！

2021.9.21

秋分有感

乍晴乍阴雨连绵，
忽热忽凉秋过半。
满目苍翠绿如墨，
池泛涟漪摇碧莲。
幽燕桂月云淡高，
今若梅季媲江南。
气候变化非虚妄，
地球村民力减碳！

2021.9.22

和刘涛中秋问候

君入果洛赴西疆，

地旷氧薄飒风凉。

京都结彩庆华诞，

总思边塞护国郎！

2021.9.30

国庆七十二周年

七秩又二如旭火，
惊艳世界正喷薄。
共享小康灭赤贫，
安居乐业绝饿殍。
衣食住行终无虞，
入学就医有社保。
惜福常思世恒艰，
跟党砥砺再登高。

2021.10.1

登崂山太平宫

临麓仰视峰嵯峨，
绝巅俯瞰万顷涛。
虬髯苍松擎华盖，
拥径悬石掩宫郭。
古楸凌空彰史重，
龙涎一杯送瑞波。
钟鸣太平颂盛世，
千年祭祀享香火。

2021.10.2

青岛深秋雨

逢节休闲到青岛，
未料秋雨令兴消。
碧水蓝天不得见，
极目苍茫万顷涛。
红屋白墙隐湿树，
行人加装风料峭。
世人都羡海滨好，
岂知连阴当防潮。

2021.10.5

纪念辛亥革命一百一十周年

武昌城头枪首响，
轰塌帝制著华章。
奋身前仆为共和，
踊跃后继图国强。
中华复兴百年梦，
江山一统岂可挡。
纪念辛亥史为镜，
不改初心永跟党！

2021.10.10

重阳有感

岁月不老又重九，
青丝成华鬓染秋。
采菊登高放眼望，
黄红紫橙逼绿瘦。
籽饱粒满丰收季，
丽景醉人胜似酒。
往事如烟放眼量，
神清气爽心无忧。

2021.10.13
辛丑重阳节

霜降

露珠凝霜南飞雁，
层林尽染漫西山。
时值蟹肥当温酒，
无事闲书茶正酽。
候循四季天有道，
万物生息自收敛。
秋红不让阳春美，
农夫收犁话丰年。

2021.10.23

立冬

昨夜啸声动山岳，
清晨梨花满树梢。
燕山雪片真如席，
覆天盖地难辨物。
喜得祥瑞伴冬立，
丰年可期疫必消。
欢欣不觉寒风冷，
争迎凛冽忙拍照。

2021.11.7

冬至

两分两至四季连，
冷热长短任日遣。
雪封北国待冬奥，
煦风江南田未闲。
窗窥红梅三五枝，
偶见凌锥挂房檐。
信传西安瘟又起，
时节怎不令疫完？

2021.12.21

中社联换届有感

一纸批复催行程，
岁首匆忙赴社工。
协会已逾三十载，
任重道远唤再兴。
扶弱济困固基层，
人民至上彰党性。
克难筹备赖众力，
攻艰换届事终成。
群贤毕至线上下，
共议服务老百姓。
政府社会频共振，
聚焦主业再启程。
倡导公益匡风气，
年高也应尽薄情。

2021.12.18

西安抗疫

远在燕云离秦远，
惊闻西安疫疯癫。
网传现场令心碎，
食行工学多犯难。
查检核酸杀病毒，
封路闭区溯病源。
街静巷空店关门，
城郭寂寥寬冷闪。
市井失华万籁静，
武汉恓惶疑重现。
寒风凛冽添肃杀，
唯愿防控章勿乱。
祈盼瘟霾早逝去，
故乡繁荣亲平安！

2021.12.23

家乡抗疫

惊闻故乡疫生变，
日检阳性过百关。
来势汹涌逼封城，
大街小巷急应战。
网传处置险失措，
负评刻薄愈添烦。
事发突猛当理解，
祈愿神定快止乱。
店关肆闭阻人聚，
全员核酸防扩散。
消杀茫雾漫城郭，
隔离阻断病传染。
医护救生不惧死，
干部履职绝无难。

社工百姓志愿者，
同舟共济克时艰。
身在京华心牵挂，
争分夺秒链资源。
中社联接基金会，
物资火急到一线。
特色制度彰大爱，
大众情义薄云天。
唯盼供给上正轨，
运转顺畅序井然。
瘟消霾灭时可待，
海晏河清民平安！

2021.12.28

祝贺元旦

旭日喷薄送春风，
光阴如驹一岁终。
绚丽过往入史画，
砥砺再启新征程。
发展格局重构建，
物阜民丰疫趋静。
闲看世界云卷舒，
中华无恙国昌兴。

2021.12.31

小寒

日慵阳伏冬愈深，
北风助寒逼煞人。
树梢摇曳啸声响，
行色匆忙欲断魂。
市井萧瑟街寂寥，
疫忧更添冷三分。
喜有庭院梅怒放，
点点暖红唤早春。

2022.1.6

腊八

稚嫩离乡下，
鬓白居京华。
冬月急逝去。
转瞬过腊八。
曩昔俗不见，
少趣多淡寡。
同是五色粮，
烹饪循常法。
再加油盐醋，
还添肉菜杂。
何故缺兴味，
只缘时变化。
孩提过此节，
年气满乡下。

逛街购佐料，
物阜市繁华。
琳琅土特产，
满目朴透雅。
游人肩摩肩，
热闹真好耍。
夜烹苞米粥，
醇香漫村涯。
欢乐不可支，
老少都在家。
清晨食香粥，
团圆聊天下。
海碗盛守望，
邻里相送达。
些许不值钱，
情义重无价。
互换品佳肴，
温馨胜一家。

世简无烦事，
大小乐哈哈。
如今居都市，
对门都无话。
同楼皆陌路，
不知咋得啦。
大街遇行者，
戾气真可怕。
子孙隔万里，
过节唯牵挂。
呆目对瓷碗，
心境难描画。
世态若落寞，
绝非现代化。
崇仁乃美德，
弘扬要广大。
温良恭俭让，
切莫成空话。

牵手来践行，
和谐靠大家。
命运共同体，
大爱满中华。

2022.1.10

大寒

雪蒙晨曦天撒花，
远近一色堪入画。
实至名归是大寒，
冬景意臻境绝佳。
户外风冷沁肌骨，
室内茶暖话桑麻。
窗透蜡梅送点红，
方知万物盼重华。

2022.1.20

喜迎新春

星移斗转，又启一元！
拱送辛丑，恭贺新年！
喜迎壬寅，祝福千万！
牛去虎到，威风八面！
祥瑞盈庭，疫消霾散！
阖家幸福，顺达康健！
吉祥如意，国泰民安！
春满乾坤，河清海晏！

2022.1.31 除夕

立 春

丽日蓝天唤春醒，
疏枝摇曳盼绿容。
闲人沐阳享冬暖，
雀鸟觅食跳树丛。
寒风虽劲逞余威，
难阻光阴送九终。
万物复苏会有时，
蓄势自强待发生。

2022.2.4

春后大雪

居京时逾十年期，
未睹燕雪大如席。
晨起蓦然隔窗眺，
玉屑白鳞漫天飞。
高低一色世隐遁，
混沌东西与南北。
幽州远近皑皑景，
诗仙狂放非逞奇！

2022.2.13

欢庆上元节

节庆举杯共明月，
欢欣团圆溢满怀。
蟾宫嫦娥舒广袖，
冬奥健儿展风采。
春后大雪送祥瑞，
绚丽花灯更添彩。
祈祝生活如上元，
国泰民安世无灾！

2022.2.15

雨 水

时屈寒风挫利刃，
雪融冰消渍成津。
丽日暖照风渐煦，
蓝天朝夕浮彩云。
庭院偶见鸟戏枝，
街市趋热客集群。
降水化雨如甘霖，
滋润生命向阳欣！

2022.2.19

春分

阳长阴消时分平，
微风渐煦催苞隆。
嫩芽怯冷裹叶紧，
枝孕花蕾欲秀荣。
柳舞婀娜杨吐絮，
鸟沐暖照偶鼓鸣。
过往京华花烂漫，
今岁残雪仍恋冬。

2022.3.20

春分·又一首

时分阴阳两端平，
微风欲煦催绿萌。
往年京华花竞秀，
今岁残雪恋尾冬。
嫩芽恐冷裹衣紧，
花蕾惧寒未敢膨。
唯有杨柳知令到，
渐吐絮穗助春荣。

2022.3.20

清 明

城河细柳秀婀柔，

风煦绿渐寒终收。

西人时俗庆复活，

华夏明礼忙祭祖。

新坟悲催伤心泪，

旧茔怀念培葺土。

清明当思先辈苦，

后来自奋立潮头。

2022.4.5

谷雨

雨增温升催谷长，
巧春渐老抹冬荒。
杨柳絮败任绿染，
庭院牡丹竞吐芳。
慵槐逼迫迸芽翠，
油菜群力秀金黄。
植物不言通灵性，
与世无争荣自彰。

2022.4.20